Il Più Feroce
Dinosauro

Mariah Walker

Copyright © 2012 di Mariah Walker

http://mariahwalker.wordpress.com

Al mio papà,
che mi ha raccontato
storie di dinosauri.

Sono un dinosauro

Sono grosso e cattivone

Sono la
"lucertola del tuono"

Mangio tutto
in un sol boccone

Corro lesto lesto

E salto
in alto
in alto

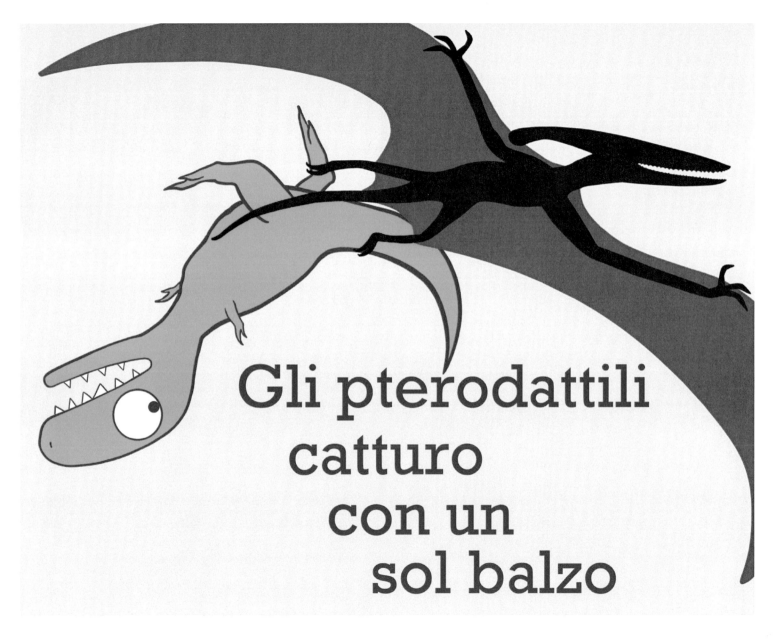

Gli pterodattili catturo con un sol balzo

A ogni passo,
la terra faccio tremare

L'intero Giurassico
si deve svegliare

Quando passo io,
tutti volano via

Per la gran paura
che tutti han di me

Del mio morso tutti son spaventati

Ogni sera spazzolo
i dentoni miei affilati

Aspetto per ore per
poi sulla preda balzare

Loro non mi sentono
mai arrivare

Non hai
tempo per scappare

Sono il dinosauro
più feroce che c'è

Fine

A proposito dell'Autrice

A Mariah piacciono i dinosauri.

A proposito del dinosauro

Gli piace essere un dinosauro. Non ha bisogno di vestirsi al mattino, né deve mai mangiare le verdure. Quando sarà grande, vorrà essere un dinosauro ancora più grande.

Ringraziamenti

Grazie a Claudia Luisi, la mia meravigliosa traduttrice.

E grazie al mio Editorsaurus Rex.

Per aggiornamenti
e progetti futuri, visita il sito
http://mariahwalker.wordpress.com

Made in the USA
Middletown, DE
17 June 2015